문지스펙트럼

한국 문학선

1-013

그때 제주 바람

문충성

문학과지성사

한국 문학선 기획위원
김치수 / 홍정선 / 김동식

문지스펙트럼 1-013

그때 제주 바람

지은이 / 문충성
펴낸이 / 채호기
펴낸곳 / 문학과지성사

등록 / 1993년 12월 16일 등록 제10-918호
주소 / 서울 마포구 서교동 363-12호 무원빌딩 4층 (121-838)
전화 / 편집부 338)7224~5 팩스 / 323)4180
영업부 338)7222~3 팩스 / 338)7221
홈페이지 / www.moonji.com

제1판 제1쇄 / 2003년 7월 10일

ISBN 89-320-1427-2
ISBN 89-320-0851-5(세트)

© 문충성

지은이와 협의하여 인지는 생략합니다.
이 책의 판권은 지은이와 문학과지성사에 있습니다.
양측의 서면 동의 없는 무단 전재 및 복제를 금합니다.

잘못된 책은 바꾸어드립니다.

그때 제주 바람

차례

II. 수평선을 바라보며

III. 섬에서 부른 마지막 노래

IV. 내 손금에서 자라나는 무지개

V. 떠나도 떠날 곳 없는 시대에

I. 제주바다

새

푸르름 푸르름 속으로 숱한 새들이 날아가고 있었다
숱한 새들이 푸르름의 빙하 속을 날고 있었다

새들은 차가운 바람 그
가없는 넓이에 밀리고 있었다 나는
자꾸만 새들을 날려 보내고

푸르름 속을 떠도는 새들이여 이제껏 맨발
붙일 한 뼘 땅도 마련하지 못했느냐 돌아오너라 차라리
지친 날갯죽지 접고 나의 새들이여
그러나 내 품은 빈 가죽뿐

너희들 울음 울음 속 난청의 땅 그 속으로
내 그림자는 사위어들고 푸르름 속으로
푸르름을 날아오르던 새들이
자꾸만 떨어지고 있었다 한입씩 내 울음을 베어 물고

서시
—먹쿠실나무의 노래

기억한다 눈물 나는 노역이
빛나는 열매를 장만할 때까지 봄날
따스히 피어나던 푸르름이나 눅눅한
소나기 지나간 찬란했던 여름
뒤흔들던 매미 울음들을

한 톨 순수여 너와 내가 앓아온 열망이
자그만 열매를 키워가나니
별나라의 꿈을 익후며 시궁창까지
잔뿌리 뻗어 그 캄캄함을 빨아올리며 졸리는
이마 깨우고 새벽을 열 때 비로소 눈부셔오는

이윽고 나의 예지가 찬 서리에 빛나갈 때 마른
가지에 매달려 가을날
잴 수 없는 깊이로 노랗게 익는 무게를 온몸으로 받아내
나니

冬天을 허무는 눈보라 속 그 열매나 쳐다보며 나의
입술 떨리는 차가운 즐거움
노래하라 춤을 추라 나를 찾는 이들이여

무의촌의 노래

바다가 휘몰아오는 어둠이 바람 속에 바람이
어둠 속을 걸어오는 아이가 빛을 찾아
미닫이 새로 얼굴 내밀고 호롱불 곁으로
비집어드는 마을 불치의 병든 아이들이 모여
산다 동서남북 아이야 어디를 가나
끝이 없는 시작은 장만이 되는 것 맨발에
빠져든다 겨울의 깊이 그 차가운
깊이 속 아이들은 한 줌 무게를 찾아
빈손 들고 바다로 떠나간다
그렇다 가만히 귀 기울이면 삼백예순날
아이들의 발걸음은 바다 끝에서 칭얼칭얼
열려 죽음을 살려내는 자맥질 속 숨 가빠라
이어도 사나 이어도 사나 숨 가빠라
누더기를 벗지 못한 채 누더기 속에 바람을
키우며 떠나지만 떠난 자리로 떠나는
아이들은 시방 떠나서 떠난 자리로 자꾸만

떠나가고 있다 깨어진 사발에 구겨진
꿈을 담고 꿈속에 일렁이는 바닷길을
절뚝절뚝 달려가고 있다

이어도

이어 이어 이어도 사나
이어도가 어디에 시니 수평선 넘어
꿈길을 가자 이승길과 저승길 사이
아침 햇덩이 이마에 떠올리고
저녁 햇덩이 품안에 품어
노을길에 돛단배 한 척
이어 이어 이어도 가자

한라산을 등에 지고 제주
바다와 마주 서보라
수평선은 하늘하늘
눈썹 밑으로 잠기어들고

새 하늘 동터올 내일을 열라 이글대는
수평선이여 이글대는 가슴을 열라
수평선 넘어 꿈길을 열라 썰물 나건 돛단배 한 척

이어 사나 이어도 사나
별빛 밝혀 노 저어 가자
별빛 속으로 배 저어 가자

돌하르방

제주의 거리에 하나 그득 넘쳐나는 것
갔다 왔다 잡동사니들이 몰려다닙니다
觀德亭 한 모퉁이 돌하르방은 탐라 천년
인고의 눈 커다랗게 뜨고 제주의
대낮을 지킵니다 바다도
하늘도 칭얼대던 막내딸년까지 잠속에
빠져 허덕일 때 내 머리맡에서
돌하르방은 불면의 지혜를 흔듭니다
서울놈
부산년
팔도강산에서
돈 벌러 오고
돈을 뿌리러 오고
돈을 벌어 가고 뿌리고 가고 그
숱한 관광길을 돌하르방이 갑니다
돌하르방은 취한 놈 이마에 아픔의

등불을 켜고 어디 취하지 않은 놈이 있으랴만
이따금씩 새로운 생성 망각의 기쁨을 눈물 나게
제주놈에게 가르쳐줍니다

겨울 백록담

겨울철 백록담에 올라본 일이 있느냐 한여름
西北壁을 타고 내리던 메아리조차 없다
숨쉬는 것이라곤 나 하나 아니 저승의 바람도 있다
바람은 산을 베어 넘길 듯
창검을 갈고
이승과 저승 사이 메아리야 깊숙이
동면의 깊이에 빠졌느냐
암매 철쭉 고채목 설앵초…… 꿈꾸는 내 숲이여
일어들 나거라 일어나거라 어서
일어나 저 무구의 하늘이 하얗게 허물어지는 것을
보아라 내 가슴이 무너져가는 소리에
내 가슴이 무너져가는 소리에 너희들 가슴을 열어라, 오늘
백록담에 와서 탐라가 열리던
처음 분화구 바윗덩이들 헐떡이는 갈증 소리 듣나니
영하로 얼어붙는 발길에 길은 열리지만

진종일 걸어도 백록 한 마리 보이지 않는다

제주바다 1

누이야 원래 싸움터였다
바다가 어둠을 여는 줄로 너는 알았지?
바다가 빛을 켜는 줄로 알고 있었지?
아니다 처음 어둠이 바다를 열었다 빛이
바다를 열었지 싸움이었다
어둠이 자그만 빛들을 몰아내면 저 하늘 끝에서 힘찬 빛들이 휘몰아와 어둠을 밀어내는
괴로워 울었다 바다는
괴로움을 삭이면서 끝남이 없는 싸움을 울부짖어왔다

누이야 어머니가 한 방울 눈물 속에 바다를 키우는 뜻을 아느냐 바늘귀에 실을 꿰시는
한반도의 슬픔을 바늘 구멍으로
내다보면 땀냄새로 열리는 세상
어머니 눈동자를 찬찬히 올려다보라
그곳에도 바다가 있어 바다를 키우는 뜻이 있어

어둠과 빛이 있어 바닷속
그 뜻의 언저리에 다가갔을 때 밀려갔다
밀려오는 일상의 모습이며 어머니가 짜고 있는 하늘을

제주 사람이 아니고는 진짜 제주바다를 알 수 없다
누이야 바람 부는 날 바다로 나가서 5월 보리 이랑
일렁이는 바다를 보라 텀벙텀벙
너와 나의 알몸뚱이 유년이 헤엄치는
바다를 보라 겨울날
초가지붕을 넘어 하늬바람 속 까옥까옥
까마귀 등을 타고 제주의
겨울을 빚는 파도 소리를 보라
파도 소리가 열어놓는 하늘 밖의 하늘을 보라 누이야

제주바다 2

누이야 오늘은 어머니가 키우는 눈물 속
바다에 비가 내린다 빛 잃은 별떨기들 빗속으로 사각사각
부서져내리고 너와 나의 목숨이 그
빛 속에서 새로 깨어남을 알겠느냐 어머니의
굴욕과 고독이 네 핏줄에 자라남을 알겠느냐

백년을 갈아도 날이 서지 않는 칼 한 자루 어찌
비 내리는 밤을 잘라낼 수 있겠느냐 제주바다는 아랑곳
없이
폭풍우 치는 샛바람을 열어놓고 울타리
돌담 구멍을 들락이며 하얗게
어머니 주름진 한숨을 청대왓에 빨아낸다

누이야 어머니 눈물 속 바다에서 자라 바다로
돌아가는 길 한 줌 모래가 될까 바람에 흔들리다
삼사월 따스한 햇살 속에 햇살로 남아 바람 속에

바람결로 녹아 바닷속으로 바닷속으로 무너져가는 것이다
짭짤한 세상이 무너져가다 일어서는 것이다

오늘은 어머니가 키우는 눈물 속
바다에 비가 내리고 빗발 속 골목서
팽이치기하는 너와 나의 유년이 뱅글뱅글 매를 맞고
가만히 귀 줘 들어보라 샛바람 속
바람을 지우며 뛰는 백록의 발걸음 소리
또 하나 눈먼 문명이 휘몰아오는 시커먼 순수를 보라 누이야

구슬 빚기

아득한 옛날 거침없이 고추 내고 동네 하나 싸다니던 나는 구슬을 빚었더니라 하나밖에 없는 외손자 어깨말 태워 하늘만큼 둥게나니 시절 三姓祠에서 한 神人을 만났네 잠자리 눈알을 땅속에 묻고 일 년 지나 파보라 예쁜 구슬을 얻으리라 그날로 땡볕 땡볕 속을 달려 하얀 꿈을 빚었네 하늘도 날아다닐 수 있게 여의주를 까까가슴 태우던 여름 보내고 가을 접고 할아버지들 이승과 저승 이야기 눈 속에 파묻히고 파묻히고 담뱃대 재 터는 소리 이어지던 숱한 밤 밤마다 땅속 잠자리 눈알들은 도깨비 구슬로 어린 꿈속에 불을 켜고 반짝이고 얼어붙었던 하늘이 나른히 녹아내리던 봄날 구슬을 파냈네 아아 내 구슬들 누가 훔쳐내갔나 시름시름 석 달을 앓았지 무당할망은 구슬귀신에 홀렸다 어린 넋을 살풀이하고 나는 저승의 하늘을 미친 듯이 떠돌아다녔네

40년 동안 구슬 한 알 못 빚고 서서 우는 사내여 조밭에
찬 바람 창 앞에 와 서걱일 때 홀로 깨어 우는 사내여
그렇다면 네 눈물로 구슬을 빚지 네가 보던 세상
거느리던 그림자들 그 구슬에 환히
비쳐나게 앞으로 오는 세상 나의 죽음도 거울 속같이 알아
보게

오늘의 산이 내일 그 산일 수 없고
오늘 바다 빛도 어제와는 다르구나

바람 자락을 잡아 구슬을 빚어줄까 솔솔
들새 날개깃에 깨어지는 푸른 달빛

흙이 그리운 시절 고향은 아득하고 주룩주룩
비 내리는 황톳길에 몇 포기 잡초 뽑아내어
소꿉놀이 어린 시절이나 빚어줄까

무성한 햇볕 그 숲속 나뭇가지에 눌려
나의 잎들도 우수수 빛을 잃고
만물과 함께 썩어 만물을 살려내는 햇볕 구슬을 빚어줄까

40년 동안 구슬 한 알 못 빚고 서서 우는 사내여 조밭에
찬 바람 창 앞에 와 서걱일 때
홀로 깨어 우는 사내여

필부의 시
—아내에게

당신이 짜고 있는 나의 목소리 속으로 들어가지 못한다 나는
호박꽃이 잉잉거리는 꿀벌의 잉잉거리는 하늘 속을 기웃거린다
처음과 마지막을 함께 안고 떠나는 바다 물결을 아내여
조반을 장만하는 당신 손결에 자꾸만 묻어나는 햇살의 둘레 속으로 나는
들어가지 못한다 아이들 웃음 소리로
열리는 어스름 속을 뚫고 나의 저녁을 홀로 밟아올 때 푸른
별들 가슴에 따스히 스러지고 언제나 당신 눈동자
초롱초롱 밝아오는 그 속에 당신이 있어 눈물 글썽이느니 이쯤에서
넌지시 들여다보면 나의 잠속에서 아종아종 당신의 꿈을 키울 때 당신
눈까풀 속으로 나는 들어가지 못한다

나의 기도

두려움이었다 개똥벌레만치 내 침실 속을 떠도는
빛이었다 깊은 잠속에서 허덕이던 자그만 넋을 흔들어
깨워내고 처음 눈물 속을 비집고 눈물 속에 와 자리할 때
전율이었다 시장 통에 나뒹구는 돌멩이 울음 안으로 삭이며
음력설에 고기잡이 갔다 난파되어 돌아오는 정이월
제주바다로 떠나가고 있었다
어린 시절을 흐르던 南水閣 냇가 졸졸졸
발목 걷고 흙탕물 속 잠자리 잡던 그 깊이도
기도 속에 풀렸다 산지항을 오간 연락선의 고동
외할머니 조 베던 녹슨 낫 소리도
삼신할망 목소리로 돌아오고 있었다
눌리는 빛과 눌려
사는 그늘들의 종종걸음 그 향음의 숨결이
기아와 포만 속에 헐떡이는 정오의 들길을 돌아오고 있었다

이제 나의 기도는 피곤하다 그러나 사람이 살지 않는 초가
건너 꺼져가는 이름 없는 조난의 발길 더듬어
나의 침실을 떠나지 않을 수 없다

돌 2

돌하르방이 되고
울타리를 이루고
산담을 쌓고

제주 돌은
제주 사람을 지켜주고
가둬놓고
풀어준다
송송 어머니 한숨에
함께 늙어간다

가둬놓는 돌이여 나를 풀어다오
풀어놓는 돌이여 나를 가둬다오

돌집을 지어
돌담을 둘러

발걸음이나 가둬놓고
그림자나 풀어놓고

어머니 한숨 구멍에
송송송 늙어
산담이 되고
허물어지고

시

너를 팔아 세상을 산다 한들 무슨 소용 있으리
내 속에서 피 말리는 자
나는 네게서 나를 벗어나고 싶다
깊은 밤 홀로
깨어 우는 울음 죽이고
저승으로 이어지는 너의 어둠을 두들긴다

술 노래

자기를 죽이기 위해 마시는 자와
자기를 찾기 위해 마시는 자와
엄벙덤벙 마시는 자와
아부 치러 마시는 자와
술을 마셔야 떠들어대는 술꾼
술을 마셔야 노래 부르는 나의 친구여
기분 좋다 즐거워 마시고
볼펜으로 꼭꼭 외로움을 마시고
계집이 있어야 마시고
계집이 없어야 마시고
썩어가는 위를 걱정하면서
외상 술 두어 잔 나눠 마시기 위해
사라져가는 시간의 분침을 기웃거리며
술잔을 들면 자 드세 친구여
한잔 술에 우리 인생이 금가랴

수평선

얼마나 많은 수평선이 있나 이 세상
나의 목숨 둘레
하나로 둘러싸여 언제나
새로운 그리움에 떨게 하는 것
어느 날 바다에서
나는 찾았다 고기를 낚다
인간이 사는 땅을 자애의 손길로 재우고 있는 수평선을
수평선은 산을 이루고
인간들이 켜논 불빛을 안은 채
바람 속을 내달려와
나의 목숨 둘레에 하얀 금을 그어놓았다
폭풍우가 수평선을 어둠 속에 지워놓는다 해도
어둠을 삭이고 새벽을 잠 깨우며
눈먼 태양을 나의 가슴에 떠올려
바다 물결을 노래하게 한다

길

낫달이 하얗게 길을 잃고
낫달의 울음 새기는 돌 바람

북새통에도 주인 없는 뜨락에 풋감은 익어가나니
낫달이 하얗게 길을 잃고

가을

차고 넘치는
항아리의 무게로
날아라 새야 잿빛 댕기 속의 하늘을
눈썹으로 부풀어가는 하늘나라의
물줄기를 차서 깨우고
소낙비라도 한줄기 쏟아지게 하라

이파리마다 뚜욱 뚝 떨어져가는
졸음의 층계
나는 오수의 한가운데서 그
수많은 층계를 이파리에 매달려
올라가고 있다

바람은 점점이
무덤 없는 죽음을 쌓아올리면서
초혼의 그늘만 저승으로 실어가고

사라져가는 한 뼘 아쉬움으로 다시
살아나는 저녁노을이여 내 마음속
어두워가는 기억들을 베어낼 칼이라도 갈고 있는가

무성했던 여름이 새하얗게
흔들리고 있다

한라산

항시 먼 별빛 그리움에 이마 높푸르다
숱한 폭풍우 가슴에 재우고
잠들지 못하는 눈까풀들 발밑에 차곡차곡
쌓아놓자니 만상이 내게로 이르는구나
이제 나는 충분히 자유롭다
별을 헤아려 노래 부르게 하고
새들을 날려 하늘 깊숙이
되돌아오게 하는 법을 안다
지친 나무들 여기저기 모아 숲을 이루게 한다
허물을 벗지 못한 벌레들 흙 속에서
눈뜨게 하고 노래하게 한다
나의 젖무덤은 바다에 닿는다 파랗게
땀 흘려온 인고의 세월 눈물겹게 나는
출렁이는 법을 바다에게 가르쳐준다
해 뜨는 밤과 지새는 낮
자애로 터지는 고요함도

허물어지는 푸른 하늘의 넓이

머리칼에게

어디로 가는 것일까
엉터리 혁명에 쫓기는 나는 어디로 가야 될 것인가
삭둑삭둑삭둑
밝아오는 아침
하이얀 안개조차 쏟아진다
죽어가는 것일까
24시 통금에 쫓기는 나날
열 손가락 치세에 후궁의 따스한 품안을 울면서 간다
돌아갈 곳이 있는 것일까
어두운 판잣집 안에서 남아 잠시
문둥이처럼 썩어가는 너와 나의 목숨을 다스리자
어디로 가는 것일까 두려워 말라 머리칼이여
바늘귀만 한 음성에도
스스로 돌아갈 길이 열리어
길은
하루같이 자라나서

하늘이 된다
바다가 된다

II. 수평선을 바라보며

연가 3
—석류에게

문 열어라 별빛 쏟아지는 밤
별빛 속 길을 내어
내가 왔다 아픈 이빨
아프지 않게
뽑아주마 눈물 속
눈물 세상 있음을 가르쳐주마

연가 8
—어린 날의 동구를 찾아

아직도 남아 있었다 내 어린 날의 洞口는
근대화에 이리저리 밀려다니며 신작로나 만들고
참새들 새끼 치던 초가나 허물고
쓸쓸히 고층 건물 사이 다리 꼬부리고 다른
여러 길로 통하고 있었다 소 물 먹이러 다니던 남수각 냇가로
오돌또기 두들기는 무허가 선술집으로
춘궁으로 뚫렸던 황톳길도 아물아물
보인다 4·3 사건이나 6·25 때 죽은 몇몇 이웃들과
엄마 아빠가 된 동네 아이들 각기 동산 꼭꼭 숨어버리고
옛날이야기 속 옛날얘기가 되어버린 할머니 할아버지들
조선 왕조 때 귀양 온 정승이 심었다던 당유자나무도
잠자리떼 하늘 가득 날아오르던 가을날
맨발로 밟아 다니던 푸른 달밤도 개똥벌레도
없어졌다 눈사람들 만나는 사람마다 낯설어 말없이 지나친다

오늘날 어린 날의 동구를 지나 한 번씩 옛얘기에 이르기도
하고
월급쟁이 곤죽의 나날을 거쳐 귀가하느니 길은
다른 여러 길을 만들지만 나와 함께 늙어갈 뿐이다

처서의 시

불바다로 타오르는 여름날 만물이
노랗게 늘어질 때 한줄기 소낙비 그늘이나 이루고 서서
나뭇가지에 동동 매달린 울지 못하는 매미를 본다 이따금
벙어리 매미야 잡아보기도 했지만 매미야
울어야지 어느새 우는 법을 잊었느냐
나라 없던 일제 때도 매미 매미 매미 우리나라 말로
먹쿠실나무나 백양나무 가지에 호젓이 숨어서
매미는 울었다 나의 여름 한철 나무꾼이 나무를 베어 넘기듯
꿈속까지 따라와 어린 잠 깨워내고 별과 달
하늘까지 이고 와 하늘 깊숙이 잘도 날아다녔다
무더위의 파도를 타며 텀벙텀벙 물장구치며 푸른 들판을 마구 내달리며
중학생 때는 영어로 우는 매미를 보았다
대학 다닐 적엔 프랑스말로 울고 싶었다
그러고 보니 나는 참말로 오래도록 울지 못했다

영어로도 프랑스말로도 그리고 우리말로도

한밤 내 머리칼 풀고 죽음 같은 울음 목 놓아 울고 싶어도
우는 법을 잊어버렸다

물맞이
—침묵의 나라에서 돌아와서

무더위를 찾아 어리목으로 물 맞으러 갔다 지난 여름 한라산은
산을 탈 줄 모르는 이들로 사람 꽃이 피었다 무더위가
들끓는 무더위를 밟고 끝을 찾아가노라면 우리는
중간쯤에서 범벅이 되어 풀리지 않는 줄로 팽팽히
나를 잡아당긴다 죽음의 계곡으로 지는 푸른 산
그는 속을 풀벌레 울음 소리 길을 내어가느니
할머니 할아버지 삼촌 형 누이동생 아이들이 왁자지껄
비닐로 만든 물맞이 옷을 입고 물을 맞고 있었다

온몸을 벗고 물을 맞는다 등에 떨어지는 아 어린 날의 물소리
물속에서 오줌을 갈긴다 무더위를 헤쳐온 길엔
짙은 어둠이 깔려 있다 이마에 와 떨어지는 별 하나
나 하나 한평생 물소리가 되어 별빛 속을 흘러다니고 싶다

어리목엔 물소리만 자라는 게 아니다 눈이 가는 곳마다
울창한 하늘을 자기 몫씩 거느리고 잡목들이
잡초들이 풀벌레 꿈을 키우며 울 수 있는 땅을
마음 놓고 살 수 있는 시간을 골고루 나눠주고 있었다

밤이 열리면서 물소리가 되어가던 나는 물맞이를 계속할 수 없었다 추위에 가위눌려 꿈속에서
물소리가 되어 우리 집엘 찾아갔다 어린것들은 알몸으로
아내는 코를 골고 있었다 눈썹에는 낯선 죽음이 깔려 있었다 살그머니
물소리를 귓가에 두고 어리목으로 돌아왔다

여전히 한라산은 산을 탈 줄 모르는 이들로 사람 꽃이 피었다 무더위 속을
되돌아온다 무더위의 끝을 찾지 못한 채
푸른 산그늘 풀벌레 울음 밟으며

할머니 할아버지 삼촌 형 누이동생 아이들 왁자지껄 뒤에 두고
어리목 물소리도 어리목에 두고 힘겹게 무더위 속으로 돌아왔다
내가 갈긴 오줌만 이제쯤 물소리가 되었을지 몰라

수평선 2

손을 펴면 지금도 수평선 같은 손금이
어린 날의 꿈을 태운다
수평선을 넘어갈 팔자우다
외할머니 손잡고 점쟁이 찾아다니던 어린 날은
진주 강씨 집안의 단 하나 외손이었다 손금 덕으로
농사일도 안 하고 맨날 빈둥빈둥
잠자리잡기 연날리기로 큰 사람이 되어갔다
점쟁이 말하던 수평선이야 어디 한두 번만 넘었으랴
수평선을 넘으면 수평선은 또 있었다 제주섬에
태어나 수평선을 넘어본 사람은 안다 어디를 가나
제주 사람은 수평선을 벗어나지 못하고 산다
그러다 바람도 잠자는 어느 겨울날 사각사각
첫눈이 내릴 그때쯤 아무도 몰래
이승의 온갖 덧없음 내버리고 나의 수평선을 건너가리라

수평선 3

차라리 수평선을 사랑해야지 이제는
내 눈물 속에도 수평선이 있어 해가 뜬다
해가 진다 깊은 밤
바닷물결 소리를 내지른다 찰랑찰랑
내 이마에 흐르는 죄업이
몇 카락 주름살을 만들어내고
남 다 잠든 밤 잠들지 못하는 잠 하나
숨죽이며 나의 수평선을 건너오고 있다

용두암

비상의 나래 꺾이고 몇만 년이냐 바위로 굳어져
그대 파도 소리에 이리저리 깨어나며 나의 잠 한잠도 이룬 적 없었나니
이제는 풀어다오 제주바다여
유형의 세월 속 두어 뼘 남은 목숨 하늘나라로 날아가게 해다오
지상에 온 뒤 사철 비바람 눈보라 따스한 햇살에 아침 저녁 밤마다
오욕의 죄를 씻어왔나니 나의 죽음 되찾아 가게 해다오
차라리 눈보라 치는 날 하늘로 더운 심장 찬비를 뿌려 무지개를 만들까
그 무지개 밟아 가는 날 만상은 잠들거라
그대들 잠결을 소리 없이 별빛도 살며시 두고 가리니

제주항

— 그 50년대의 꿈

떠나는 뱃고동이 부웅붕 너와 나의 가슴을 내질러 갈 때
제주항은
온통 이별의 목소리로 부풀어오르곤 했다
저녁노을 가르며 연락선이
댓잎만치 아물댈 때까지 지켜봐도 그만치
비인 마음 아쉬움은 남고

전보의 반가움은 받아본 사람이면 안다 그 가슴 떨려옴을
단잠 베갯머리에 접어놓고 어스름길을 헤쳐가노라면
"야, 누구 왐시니?"
"그 사람 왐시냐?"
약속 없이 만나는 길벗들

3등 뱃간 비좁은 잠에 시달리던
그 사람은 구겨진 새벽 꿈 툭툭 털며 내리고
새벽빛이 열려오는 제주항의 만남은 자꾸만

그리움이 묻어나는 나의 눈썹에 아스름히
참지 못할 기쁨을 눈물 그득 넘쳐나게 하곤 했다

봄 노래 1

하나로 모였다 하나로 흩어진다 봄 안개는
소 울음 소리를 내지른다 온 들판 가득히
도르르 귀 내밀고 안개로 하여 안개가 안 보이는 울음 속
보얗게
눈뜨는 고사리 새순들 아래 마을 비바리들

연날리기

연은 언제나 바람보다 빨리 떴다 하늘 속으로
바람을 받으며 날아간다 '야마모도'만 이기면
천하무적 그러나 비인 얼레 쥐고 꽁꽁
얼어드는 나의 겨울을 밟아오곤 했다 번번이
설한풍이 부는 날은 설한풍 속 개똥이할망네
보리밭으로 내달렸다 이젠 고층 빌딩이 섰지만
어린 날의 연은 보얗게 얼어드는 하늘 깊숙이 나의 눈물 속을
날아간다 불타던 웃음 소리도
눈 오는 날 아니어도 문득 하늘 우러르면 펑펑
쏟아져내릴 것 같다 티 없이 자라던 그 울음들
우리 집 감나무엔 주인 없는 연 하나
걸려 있다 나뭇가지에 얼굴을 찢겨 파르르 파르르
떨면서 어디선가 귀 선 아이들 웃음 소리 하얗게
겨울 하늘이 부서진다 줄 끊긴 나의 연은 이제쯤
어느 자그만 아이의 눈물 속을 날아가고 있을까

섬

억겁을 노래 부르고 있다 별빛 속
눈보라 새하얀 일월의 길을 닦으며 천만년
무정세월 속에 나앉아 이승의 컴컴한 꿈에 시달리노니
바닷물결 가르는 돛단배 한 척
내 한숨의 바다를 노 저어 가고 있다 돌아올 길도 없이
물새 떼는 저마다 수평선을 날아오르고
잡초들도 자라지 못하는 비인 눈발 속
비바람 차가운 물결에 부서지면서
밤마다 꿈속에서나마
유형의 땅 벗어나 이제
꽃들 사는 서천 나라로 둥둥 떠가고 있다

III. 섬에서 부른 마지막 노래

기우제

캥캥 마른 목이 탄다
사시장철 조밭은
여름이다 불볕 속
두어 줌이라도
비 뿌리는 날이 열렸으면
빗방울들아
발소리 죽여 가만가만
제주바다 건너오라
눈물밭이 활활 탄다
깨진 냉수 그릇엔
빈 하늘만 뱅뱅 돈다

죽은 참새를 묻으며

천지현황이 새하얀 공일 흰 종이 같은 뜰에 내려
걸음 연습을 한다 앵두나무 대추나무 감나무 동백나무
깊은 물결 겨울잠에 출렁이는데 희미한 나무 그늘 속
다리 꼬부리고 얼어 죽은 참새 한 마리
차마 감지 못한 눈엔 흐린 하늘 내려와 보얀
안개 어리누나 여윈 햇살 휘저어
언 땅 파내 한 잎 눈물과 함께 묻노니

고무총이나 덫 만들어 좁씨 뿌리고 참새 잡던 어린 날들
잡힌 참새야 짹짹 손 안에서 파닥이지만
안 잡힌 새들은 초가지붕 돌담 위에서
풀어달라 울었다 짹짹 잡히지도 않으면서
홀로 자란 나는 참새를 잡으며 풀어주며 하루를 휘저어다
니고
새들은 아득히 하늘로 날아갔다 그러나
저물녘엔 모두 돌아와

나뭇가지에 파랗게 깃들이곤 했다

한 눈 감고 겨냥하는 세상 속 바르르 떨어지는 참새
잡이들은 죄 없는 모가지 줄줄이 묶어 허리춤에 찼다
먼 뒷날 소주잔에 썩어드는 위를 재우던 참새구이집에서
나는 보았다 모가지가 잘린 채
알몸뚱이로 기름에 튀겨지는 참새들을

이제 파닥이던 날갯짓일랑 하늘에 두고
예쁜 눈 머물던 산과 들
눈동자 깊숙이 간직하고 해 뜨는 새벽
저녁놀은 날마다
가슴속에 타오르리니 흙 속에 파묻혀
비록 한 줌 흙이 될지라도
키워내라 잡초들이나
흙덩이가 외로움으로 가득 멸망할 때까지

삼천리를 떠돌 넋도 없는 새야
어느 뉘 날아와 울어줄 이웃도 없는 새야

유년송 7

가시덤불 무성한 길을 즐거움 하나로 네게 다가갔을 때
대낮같이 소리 내며 환락이 타오르고 있었다 화안히
모든 사물들 빛 속에서 졸음 겨운 빛에 취해
어둠을 모르고 살았지
얼마 만인가 세상에는 빛만 있지 않음을 안 것은
다시 어둠 헤쳐 맨발로 갔다
가시덤불 무성한 길 더 큰 어둠
더 큰 빛이 함께 있는 곳을
뒤돌아보는 습관이 생겨나고 자꾸 돌아봐도
이젠 돌아갈 길 없구나
다만 땀 흘리며 부지런히 네게로 가
죽어도 어둠 속 어둠 밝힐 수 있는 자그만 어둠이 되자
저무는 날 깊은 밤
찬란히 밝아올 새벽을 위하여

우물 파기

우물을 판다 허리를 삐면서
어른들은 웃었다 수돗물이나 먹고 살지 히히
할아버지들도 말렸다 긴 수염 쓰다듬으며
나는 고집을 세우고 우물을 파 들어갔다
3척을 팠을 때 처음 시원함을 맛보았다
다시 3척을 파 들어갔을 때
나의 우물에 쏟아져올 물줄기를 만날 수 없었다 있을는지
스무 해 동안 벌여온 나의 작업을 그만둘까 그럴 순 없었다
목마른 땅에 태어나 빈둥빈둥
하루를 죽일 수만도 없는 일이다
내가 파논 우물엔 어느새
썩은 빗물이 괴어 개구리 두엇 개골개골 살 뿐
구름 한 자락 비쳐들지 않는다
먼 뒷날 눈 내리고 천둥 일어
마른번개 하늘을 깰 때 파랗게
나의 우물은 한 줄기 샘물 샘솟아나게 하라

썩은 빗물에 두 발 잠그고
식어드는 눈물을 닦는다

길 5

— 호미 만들기

돌을 깨는 쇠를 보았다
쇠가 좋아야 명검을 만들지
뜨겁게 더욱 뜨겁게 타오르게
녹여버린다 단단함을
구슬땀 흘리며 외할아버지
시뻘겋게 녹인 쇠로
명검을 만들 줄 알았다
고달픔도 써억 잘라내고 가난도 베어내고
그러나 보잘것없는 호미 만들며
푸푸 숨이 차게 두들기고 물에 식혀
불 속에 내던졌다 꺼내고
나는 말없이 풀무질만 계속했다
호미가 되어 나오는 동안
더욱 단단해지면서 부글부글
끓으며 물속에서 그 둔한 눈을 뜰 때
보릿대 하나 자르지 못하는 호미여

외할아버지 가난한 꿈을 시퍼렇게 알았느니
일손 모자라 별빛 받으며 보리밭에서
조밭에서 김매던 날들은 가고
나만큼 자란 내 아들 호미 쓰는 법 알 턱 없으니
부질없어라 한 시대의 가난한 사랑이여

길 6
—시를 위하여

죽는 연습을 한다 밤마다
정확히 깨어나기 위하여
꿈을 꾸고 싶다 꾸지 못하고
하얀 어둠 속으로 떨어진다
내 언어의 주민들 재우고
익혀온 이승의 온갖 사랑도 버리고
빈 몸으로 떠난다
해와 달과 별 귀 눈 익은
바다 소리도 두고 간다
이승의 끝에서
한번 되돌아본다 아득히
한줄기 빛살에
한 줌 흙이 되었다
깨어난다

길 7
— 해녀의 노래

1

섬이 운다 겨울날
잠 못 이루는 섬이 밤마다
섬이 부른다
가고 오지 않는다
돛단배 만들어
섬으로 떠나간 아버지
석 달 열흘
바닷새의 넋으로나
떠도는 것일까 끼룩끼룩
물질을 배워
저 섬으로 건너가랴

2

설운 어멍 날 낳을 적에

울음 소리부터 계집이라 했다
개날에 난 팔자
그 울음 데리고 둥둥 떠다니며
물질을 배워
바다로 떠나느니
이 세상은 너무 넓구나
이른 봄날 따스한 햇살 헤쳐
돌담 밑에 꼭꼭 박씨 심고
태왁 만들던 어린 날들
어둠 속에 빛나건만
호오이 하늘로 뱉어내자 한숨일랑
머흘머흘 구름이나 되어라
깊은 물속에 들면
한겨울도 따스해
저승길 가고 오느니 비창 쥐고
전복 캐고 소라 따며

나를 키워온 설운 섬
떠나갈 길은 없고
파도를 재우는
한 줌 눈물이나 보태고 가자

3

비 오는 날엔 섬이 안 보인다
어디로 갔나
안개 자욱이
출렁 출렁 출렁
섬이 운다 잠속에 들어도
섬이 부른다

길 8

—민들레꽃

여름날 기인 긴 말뚝잠에
아무 동구 밖에나 뿌리내려
도깨비불에 혼이 나며 쓰러지며
그러다 아무도 몰래 도깨비불이 되면서
도깨비불을 혼내주며 나직하게
살랑살랑 코고는 찬란한 별빛 소리
즐거운 이명에 고달픈 하루 재우느니
눈썹에 이는 가을바람 접어
빈 겨울 건너
어린 날 눈물 같은 봄이 올 때까지
정처 없는 가고 오는 길을 예비하며
드디어 떠나간다
다시 오는 세상에서도
민들레로 태어나기 위하여

길 12
— 눈물

흐르는 눈물에도 길이 있다 어렴풋이
길은 비어 있다
떠날 때는
메마른 땅에 흔적도 없이

내 안에서
자라는
자그만 바다

비인 세상을 간다 아롱아롱
허공에 뜨고 싶다

채송화

척박한 땅을 어찌 탓하랴
뉘 집 마당귀 한 녘이나마
파아랗게 자리 잡아 숨결 내뿜고
큰 욕심 내죽여 조그맣게
귀 내밀고 여름 한철 공연히
뙤약볕에 이마 터지며 때로
추욱 까무러치기도 하며
별빛 하늘 우러러 배롱배롱
꽃들을 피워내고
짓밟지 말아다오
가을바람 부는 어느 저물녘
아무도 몰래
아늑한 평화 깃든 저 노을길에
고달픈 한세상 누이고
여름내 익혀온 꽃씨
살그머니 터뜨리고 가리니

섬에서 부른 마지막 노래 1

1. 봄

아지랑이 목에 걸고 들판에 서면
졸졸 흘러가는 겨울 물소리
수평선 건너오는 봄바람에
으아 울음 터뜨리는 나뭇가지들
아픔만 아픔으로 남아 파랗게 멍이 든다
나른나른 봄잠 천지에 차라
배뱃종 일장춘몽이 되게 배뱃종

2. 여름

바다에선 알몸이 되고 싶어진다 첨벙
첨벙 알몸으로 바다가 되고 싶어진다

산속에 들면 산이 되고
나무가 되고 뭣새가 되고

들꽃이 되고 싶어진다 나비가 그림자가
그림자야 나비가 되고 싶어진다

3. 가을

별 중에 명왕성은 아득히 가을을 흔들어댄다
머리맡에 눈물로 젖어와
약속 없이 떨어져 눕고 노랗게
바람 되어 일어서는 낙엽이여
또 잠 못 이루는 뉘 창문 두들기려느냐
돌아오라 나와 함께 이 밤 새우고
밝는 날 이 가을을 떠나가자
이승의 잠긴 문 살며시 열고
총총히 바람결에 옷섶 날리며

4. 겨울

하나하나 하얗게 눈은
내려온다 새파란 눈 뜨고
훨훨 타오른다 타오르는 것이
어디 눈송이뿐이랴 새들도
저마다 타는 가슴 훨훨훨
새벽의 끝에서 날아오르지만
이윽고 저녁놀 속으로 사라져가리니
꽁꽁 얼어드는 땅속 눈은
벌레들 꿈조차 타오르게 하지만
자그만 울음 꼭 껴안고
흔들리면 흔들리는 대로 찬 바람에
아 별빛 휘감겨오는 빈 가지들 하늘하늘

섬에서 부른 마지막 노래 2

1

어디 바다뿐이랴 섬도
관광호텔 유채밭 택시들도
출렁인다 거리에 하나 가득
넘쳐나는 원시의 끝에서
숨 가쁘게 내달려온 태양도
먹고 마시고 춤추는
사람들 들끓으며 부글부글
뭔가 찾아 왔다 갔다 하느니
죽음도 조금씩 찾아내며
휴지통에 조금씩 사랑도 내버리며
빈 그림자 끌고 간다

2

다시 노래하지 않으리라 찰랑찰랑

새하얀 바다 눈 귀 잠그고
잠속에 들어 꿈으로 자라는 산이여
다 허물어져도
여름날 타는 가슴 둥둥
떠다니는 한 점 섬으로 누워
착한 이들 조금은 게으름에
졸음 겨운 이들 모여
사는 꿈길에 들어
몸냄새 서로 섞어
물새 울음으로 잠들며
한세상 떠다니고 싶다
끼룩 끼룩 끼룩

영등제

파도는 잠들지 않는다 한세상
하늬바람 손부리 얼얼히
영등할망* 오갈 길 펴며
둥둥 둥둥 북소리 울려라

미역 소라 전복 풍성히
쓰고 남게 해줍서 둥둥

비록 벼농사 지을 땅 없어
육지 쌀을 들여다 먹지만
조 농사 보리 농사 둥둥
풍년 들게 해줍서

오시는 길이 가시는 길과 같다면
우리의 사랑도 그러하거늘

한숨도 배고픔도
거둬가시고 둥둥둥둥
춤추는 법이나 가르쳐줍서

* 영등할망: 영등신인 여신을 일컫는 말로 음력 2월 1일 入道해서 제주섬 주위의 바다에서 자라는 소라 · 전복 · 미역 등 해산물을 풍요롭게 해주고 이를 채취하는 것을 보호해준다고 섬 토박이들은 믿어왔다. 이 여신을 위해 바닷가의 어민들은 당굿을 하는데 영등제가 그것이다.

IV. 내 손금에서 자라나는 무지개

살풀이

써나라 잡귀들아 삼천리 방방에
가난의 씨 거짓의 속잎 내는
꽃 피면 봄이요 꽃 지면 겨울인데
삼백육십오 일
잡귀들은 산 넘고 바다 건너 우르르르
바람결에 가고 오는 재앙 뿌리는구나
써나라 풍년에 배 터 죽은 귀신들아
권세에 빌붙었다 목 떨어진 귀신들아
폭력에 주먹 휘둘러 맞아 죽은 귀신들아
써나라써나라써나라써나라
이 세상은 이 세상이므로 써나라
너희들 세상은 이 세상이 아니므로
잡귀 세상 찾아들어 잡귀 왕국이나 세우라

번개

어느 날부터 알몸으로 다니다가
나는 보았다 푸른 하늘 아닌 또 하나 푸른 하늘을
구름으로 알몸 가리고 머흘머흘 다니다가
갈매기가 떠다니는 또 하나 푸르름을

하늘은 천국이지만 날아오르는 것은 새들뿐
인간이 사는 섬은 무엇인가 한 사람 한 사람이
땀냄새 짓이겨 죽음의 그늘이나 만들어낼 뿐
여럿 모여 거짓사랑 참미움 죽어 사는 교활함이

꿈꾸면 죽는다지만 한번 가볼까
산과 들 아득히 대나무밭으로 가서
꿈의 껍질 풀어 참사랑의 씨앗을 뿌려볼까

누가 날 싫어하나 차라리 내가 좋아해버릴까
깊숙이 한 가닥 번쩍이는 권력으로 가서

환한 세상 꿈꾸는 제왕의 어둠을 꿰뚫어놓을까

꿀벌 1

이승과 저승 사이
노랑 유채꽃밭 유채꽃 사이
이승을 떠돌 때도
내 넋을 뒤흔들고 노랑노랑
저승으로 떠돌 때도
황홀한 꽃불 밝혀
서러운 꿈을 짜느니 붕붕붕
얼씨구 좋구나 얼씨구
하루하루가 봄날이어서
떠나보낼 것은 떠나보내고
남아 있을 것은 남아 있게 하고
마침내 우리가 여왕 무릎에 쓰러져
짙푸른 나의 하늘 푸르르 눈을 감고
하늘하늘 목걸이도 풀어놓고
아득히 꽃불 속을 날아가느니
여왕은 나의 죽음을 기억하지 않는다

이승과 저승 사이 노랑노랑
유채꽃밭 유채꽃 사이

산신제

모두 오소서 왕초 산신이여
똘마니 산신들 모두 거느리고
오소서 오소서 둥둥둥 둥둥둥
오랜만에 마련한 제단이지만
화내지 마소서 둥둥둥
호랑이를 만나도 잡아먹히지 않게
여우를 만나도 속아 넘어가지 않게
늑대를 만나도 끄떡없게
뱀에게는 두 번 다시 물리지 않게
어느 날 우리가 산행에 나서
비지땀 흘리며 두어 모금 산바람 마시고
나무 그늘에 들어 더위를 식히고 있을 때
문득 밀림을 뚫고 나타나는 낯선 사람들
겁나지 않게
낯설지 않게
우리를 해치지 않게 산신이여

제발 산에서는 당신이 보살펴주소서
우리들 그림자조차 잃어버리지 않게
둥둥둥 둥둥둥

낮술 한잔 기울이며

낮술 한잔 나눌 놈 하나 없이
붐비는 제주시 중앙로에서
포장마차 속에 자리 잡아 나는
낮술 한잔 기울이고
찢어진 포장 구멍으로 슬그머니 들어오는
낮에 나온 바보달을 쳐다본다
한잔 술 기울이며 술잔을 보니
낮달이 함빡 술에 취해 있구나
술을 버릴까 달을 건져낼까
그냥 꿀꺽 마셨다
이제야 멍텅하게 낮에 뜨는 달이야 없어지겠지

흙 붉은 오름을 바라보며

축성에서 바라보는 흙 붉은 오름*이여
몽고군과 죽기로 싸워 죽어간 삼별초여
칠백 년이 지났건만 오늘도
붉게만 보이는 결전장
한나절을 바라보아도 피보라
함성 소리 하나도 들려오지 않는다
한 사람의 큰 자유가
한낱 죽음으로 스러지던 날
천지도 잠시 눈을 감았으리
피에 물들어 붉어진 오름은 오늘도
서녘 하늘을 태우나니
나를 날아가게 해다오 그 하늘 속으로
한 점 구름으로 소나기나 이루어
천둥을 만들까 캄캄한
내 가슴을 두들겨다오

* 오름: 제주 토박이 말로 작은 산을 가리킴〔峰〕.

비행기를 타면

서울 갈 때 비행기를 타면
더러는 보고 싶고 더러는 미운 놈들 사는
제주도가 멀리 보인다 제주바다 한라산이
구름길을 흔들리며 가다 보면
가족들 얼굴이 아주 가까이 보이고
그리운 친구들 얼굴이 아주 가까이 보이고
하느님 얼굴도 있는 듯 있는 듯 아주 가까이 보이고
내 얼굴만 하나도 안 보인다
고장이 나서 추락하지나 않을까
그럼 불시착은 성공할 수 있을까
이대로 천당으로 간다 해도 참으로 싫은 짓이다
옆사람의 낯선 얼굴
백년을 함께 타고 가도
영 정들지 않을 것 같은 피차의 얼굴
외국인이나 다름없는 말없는 얼굴
아 나의 얼굴

해바라기

자그만 돌섬이 되고 싶어
제주바다 벗어나
오대양 육대주
떠다니고 싶어
안으로만 타오르는 불길
눈물눈물 눈물
하얀 갈매기 와자자 날리며
젖은 안개 보랏빛에 취해
고개 숙이고 차라리
깊은 잠속을 빠져나가고 싶어

손금

내 손금에서 눈부시게 자라나던 무지개여
이제는 눅눅한 찬땀만 배어나누나
이 겨울 침침하게 눈은 내리고 얘들아
우리들 서러움 죄 풀어 우리들아
어린 왕자의 무덤을 불 밝혀내자
새파랗게 사금파리로 도깨비불을 빚어내자
길이야 많지만 언제나 도깨비불로 열리던 길
그러나 영영 돌아갈 수 없는 마법의 나라
그 나라에 사는 모든 존재의 아이들을
언 손 비비며 티 없는 슬픔 속에서
잠 깨어나게 하자 얘들아
얘들아 어디에 있니
내 음성에도 풀풀
눈은 내리고 눈은 내려
누구의 손금 속에 갇혀 있느냐 시방
얘들아 얘들아 다시 만날 순 없겠느냐

지금 나는 혼자서
어디로 가는 것이냐
내가 없구나 동서남북
찬땀이 강물을 이룬 길
동서남북 길이 보이지 않는구나
얘들아 나를 찾아내다오 얘들아 얘들아

종소리

종소리가 이 세상에 없던 시절
하느님은 이따금 헌신하셨으니
여객기 전투기 종이비행기 하늘길 열고
핵 잠수함까지 바닷속 구만리 설쳐다니는 때
무엇이 답답하여 이 세상에 눈인들 줄까 보냐
인간이 만든 종소리 하나로 우리의 넋을
자유
평등
박애
만큼
구제할 수 있는 권능이 양양한데
무엇 하나 모자라 이 세상 걱정이나 할까 보냐
그렇지만 이것저것 다 만들어도 참사랑 하나 못 만드는 시
시함이여
사랑의 원자폭탄을 만들 수만 있다면
이 세상을 사랑으로 멸망시킬 텐데

덫 있는 에덴보다 더 나은 사랑의 나라를 세울 수도 있을 텐데

이제는

땡땡땡

일하러 떠날 시간이다 모두 모여라

그러나 한 사람도 모이지 않는구나

아 모멸의 시대여

무엇이 이토록 나를 꿈꾸게 하는가

다시 봄비 소리를 들으며

나는 기억한다 자그만 탄생을
자그만 빛을 내 귓바퀴에
걸어놓던 때를 서러움을
파르르 빗소리는 그래서
나를 열어놓고
너를 열어놓고
나뭇잎을 나뭇잎으로
돌 · 바람 · 어둠을 돌 · 바람 · 어둠으로
시냇물을 와자자 흔들어대었다
조금씩 너를 묻어버리면서
시간조차 똑똑똑 부숴내면서
나는 듣는다 목마른 울음 소리들을
이 세상을 다시 노랑 색깔로 물들이고
제 모습대로 빗소리여
사랑의 색칠을 하느니
내가 걷는 눈물 길에

온갖 빗소리 모여들어
하나 가득 그리움이여
넘쳐나게 하라 빗소리여 빗소리여
푸른 산 등성이를 넘어
구름들 쉬엄쉬엄 고달픈 하늘길에
목마른 그리움이여
그리움을 잊고 사는 이들이여
무지개 하나 세워다오 하얗게
너와 내가
덧없는 꿈으로 쓰러질 수 있게

팔매질을 하다가

날아감이 시작과
날아옴이 끝에서
나의 팔매질은 언제나
눈부시다 연못을 향하여
팔매질을 하다가
잠자리, 참새, 까마귀, 꿩
꿩꿩, 꿩을 향하여
팔매질을 하다가
메아리, 저녁놀, 해 뜨는 아침
달밤을 향하여
팔매질을 하다가
유리창, 똥개, 도둑괭이, 쥐새끼, 뱀
뱀, 뱀뱀을 향하여
팔매질을 하다가
별을 향하여
하늘을 향하여

수평선을 향하여
팔매질을 하다가
시를 향하여
나를 향하여
팔매질을 향하여
팔매질을 하다가 팔매질을 하다가……

묘비

가을날 누이야 가고 보아라
보랏빛 햇살 사각사각 쌓이는
別刀峰
그 어디쯤
어린 날부터
파묻어온 새하얀 물결 소리
만취해 싸구려
눈물 세상 이리저리
건너다니던
어지러운 발걸음들
거기엔 형제들 잠자는 무덤들도 있으니
제주바다가 천만년 시달려온 이승의 악몽들
몸부림치며 어둠에 걸린
산기슭에 와 목 놓아 부서지는
그 자리에
내 묘비 하나 세우리

묘비엔 저주스런
아무 글도 적어놓지 않으리
결코 열려오지 않을 새벽을 꿈꾸며 깨어나며
무정세월에 깎여
어둠 속에 홀로 푸르르 떨며 빛나다
어느 날 바닷물결로
무심무심 사라질
그런 묘비 하나 세우리

상여를 메고 가며

꺼이꺼이꺼이 상주는 운다 그 울음
가짜가 아니다 요즘 세상에
진짜 울음 그리 흔하랴만 상여를 메고 가며
살았을 적 고약한 늙은이 죽어서까지
왜 이리 칠흑 어둠 만들어놓느냐 가슴가슴가슴
울음은 이어져 저승길 열어놓고
북망이 어디메뇨 이제 가면 언제 올꼬
비틀비틀 한잔 술에 만가 뽑으며
한번도 온 적 없는 장지 찾아들어
흙을 파고 하관을 하고 꺼이꺼이꺼이
죽을 때 못 울 내 울음 울고
무덤 만들며 동네 사람들 꼽아보며
다음은 내 차례나 아닐까 그러나
내가 죽지 않는다 해도 흑백 TV
컬러로 바꾸고 밤마다 싸구려 장단에
이리저리 컬러로 놀아나는

나는 이미 죽은 사람이다 아무 말도 말라
아무 말도 이미 죽은 사람이므로

당신 눈동자 속엔

당신 눈동자 속엔
내가 떠나야 될
나의 바다가 있다
들여다볼수록 깊어진다
들여다볼수록 넓어진다
푸르르 꿈꾸는 바닷물결
밀고 써는 부대낌들
하얗게 재우는 모진 바람 속을
갈매기 한 마리
날고 있다
당신 눈동자 속엔
내가 건너야 될
나의 수평선이
또 하나
어두워오는 내 이마
쟁쟁 눈물로 빛은 불

불 밝혀놓고
가고 오지 못할
길을 열어놓는다

V. 떠나도 떠날 곳 없는 시대에

무상

어느 하늘을 까치는 날아가고 있을까
장마가 몰려오는 잿빛 하늘 아득히
최루탄 냄새도 사라져
세상은 눈물 나게 조용하여라
상수리나무
가장 높은 가지 끝에
가물가물 보이는
빈 둥지
하나

한강을 지나며

오천 년 역사를 숨차게 흘러왔으니 한강이여
지금은 그대 어디쯤 흘러가고 있는가
떠돌다 지쳐 잠시 쉴 때도
우리들 발걸음은 저마다 홀로 떠도나니 가엾은 발걸음이여
종로에서
광화문에서
시청 앞에서
관악 기슭에서
바람 부는 날 어디쯤 떠돌겠느냐
그러다 어디쯤에서 만나겠느냐
그대가 한 잎 바람으로 떠돌지라도
아무리 떠돌지만 다시 만날 수 없을지라도
비통한 역사를 가로질러 한 시대를 흘러가고
한 줌 잿덩이로 흐르며
울음 소리 하나 내지르지 못한다 할지라도
그대가 흘러가는 동안 나도 흘러간다

대낮이 가까워도 어둠이 어둠으로 있을지라도
우리들 가슴속을 흐르고 있는 그대 기억하노니
어디로 흘러가는가 한강이여
우리들 가슴속 가장 깊은 곳을 지나서
영원한 자유가 물결치는 바다로 흘러가는가
과연 그대는 어디쯤 흘러가고 있는가

어두워져도 새는 잠자리를 걱정하지 않는다

오늘도 빈 하늘만 떠돌다 새여
잃어버린 노래 다시 잃어버리며
위선과 갈증과 우수의 땅
한 뼘 다스릴 사랑 찾아낼 수 있었느냐
어두워오는 하늘
한 몸 누일 잠자리는 어디 있을까
그러나 어두워져도 잠자리를 걱정하지 않는다 새는
나뭇가지 하나면 그뿐
이름조차 모르는 나뭇가지 하나면 그뿐
햇살 속에서 비바람 속에서 눈보라 속에서
어둠의 깊이에서 흔들리며 자라나
자그만 흔들림의 빈자리를 만들었구나
새여
하늘을 날면서
잃어버린 노래를 찾아보지만
어느 구름 자락에

네 죽음 파묻을 땅을 보았느냐
지친 다리 꼬고 앉아
여윈 죽지에 배고픔의 부리 묻고
배고픔으로 캄캄한 고통을 빚느니
위선과 갈증과 우수의 땅
한 뼘 다스릴 사랑 찾아낼 수 없었느냐
내일 다시 날아가리
이 땅 위에 새 무덤을 지을지라도
새 세상을 만들기 위해 새여

고추잠자리

저녁노을이
땀에 젖은 하루를 태우는 무렵이면
어째서 세상은 그저 참담하기만 할까
이 세상은 어째서
죽고 싶도록 적막하기만 할까 고추잠자리여
새벽 하늘을 떠돌다
우리 하늘로 날아와
우리 하늘을 어둑어둑 흔들어대는구나
너희들 날개깃에서 떨어지는
아늑한 평화의 흔들림이여
거기엔 달콤한 휴식도 더러 있으니
고마워라 노을이여
별별 소리들이 모두 지친 다리 뻗고 나자빠지며
안식을 꿈꾸는 시간
그러나 길 잃은 나의 발걸음들은
아직도 돌아올 줄 모르고 있으니

어느 골목길에서 쓸쓸히
저물고 있을까 날아가고 날아오고

원수 1

칼을 갈고
시퍼렇게
칼을 품고
오늘도
구두끈 고쳐 매고
원수를 찾아나섰다
단칼에 찔러주마
온종일 찾아다녀도
원수는 못 만났다 하나도
원수는 무엇일까
원수는 누구일까
아침이면 황홀하게 해가 뜨고
저녁이면 황홀하게 해가 지고
이 눈부신 세상에서
아주 황홀하게 살지 못하게 하는
원수는 어디에 있을까

밥일까 땀일까 엉터리 이웃일까
역사일까 시대일까 구차스런 내 목숨일까
나오너라 원수여
단칼에 캄캄하게
그대 심장을 찔러주마

원수 2

살그머니
쥐도 새도 모르게
나도 모르게
길을 빠져나오느니
비바람 휘몰아치는
너의 겨냥 속에 그래도
나는 있는가

오일시장 붐비는 장사꾼들 속이거나
결혼식장 빈손 든 축하객들 속이거나
관광객들 속에서 관광객을 관광하고 있어도
북망산천 나고 가는 장례 행렬 속에 있어도
너는
항시
뒤거나
옆이거나

내 앞에 있다

노래를 부르거나
잠속에서 잠을 자거나
책을 읽거나 글을 쓰거나
화장실에 숨어 죽음을 명상하는 시간에도
너는 겨냥하고 있는가 나를

원수여 나는 너를 깊숙이 꿈꾸노니
비록 네 겨냥 속에서
네 겨냥에 맞아 죽을지라도
죽은 나를 다시 겨냥할 원수여
한번도 나는
네 겨냥에서 벗어나지 못할까
이제는
나도

너를 겨냥한다
그런데 너는 어디에 있니?

원수 3

나 너로 하여 나 있음을 깨우쳐가고 있을 때
너는 내게 개 같은 잠밖에 가르쳐주지 않았네라
내가 굶주렸을 때도
내가 헐벗었을 때도
그리움으로 그리움에 타며
불면의 밤을 불 밝힐 때도
너는 내게 등조차 보이지 않았네라
하루에도 열두 번씩 죽어 사는 세상에서
내 속에서 부글부글 타오르는 것은 무엇이냐
아무도 내게 무엇인지 가르쳐주지 않았네라
원수여
그리움으로 두 눈이 멀고
목마름으로 두 귀가 어두워들어
힘을 쓸 수 없을 때
그리움은 사랑법을
꿈꾸는 법을 목마름이 가르쳤네라

날이면 날마다
곤한 세상 누가 만드나
나 이제
내가 익힌 법대로
내 속에서 부글부글 타오르는
원수여 모습을 드러내라
너를
사랑하리
꿈꾸리

일상

내 눈금에서 갇혔던 바다를 풀어낸다
바다에 갇혀 자라던 새들을 풀어낸다
시방 내 눈금은 비어 있다
시방 바다는 비어 있다
바다에 갇혀 있는 바다 눈금아
이 세상으로 그리움의 새들은 날아오고 있을까
아 참혹한 눈물 세상아

탑을 쌓으며

탑을 쌓으며 돌로
견고하게 한 시대를 쌓으며
되돌아가는 길과
떠나야 되는 길과
그 사잇길에
나를 쌓아올리노니 이것은
한낱 사치스런 그리움의
헛된 몸짓만이 아니다
살아온 세상은 어디쯤일까
살아온 세상을 다시 고쳐 쌓으며
오늘의 깊이를 재노니
시간의 끝 간 데를 바라본다
시간 허리에 두른 만리장성 아득하고나
돌 하나의 저주와 돌 하나의 사랑과
차곡차곡 내 목숨을 쌓아올리노니
어느 날에야 탑은 하얗게

저 새파란 나의 하늘을
구름처럼 유유히 떠다닐 것이랴

종이배

형님! 오늘은 마침내 얼음 풀리고 졸졸졸
시냇물 하나 내 가슴에서 흘러넘쳐
잠자는 버들강아지 귀를 흔듭니다
최루탄 안개도 사라져 세상은 고요하기만 합니다
내가 만든 종이배는 엉성하지만
아직 내가 살아 있다는 자그만 소식
가득 싣고 내 가슴에 띄웁니다
종이배는 졸졸졸 흘러가서
형님! 임꺽정이나 홍길동을 읽다 잠든
형님 귓전을 지나면서 귓전을 흔들면서
형님 잠속으로 떠갑니다
종이배가 내 가슴속에서 흘러가면서
우리나라 새봄 소식도 졸졸졸
아직도 형님의 겨울 가슴 단단한 얼음 부숴내면서
형님 가슴속으로 흘러가는 이 소리를 들으셔요 졸졸졸
노랗게 내 가슴 깨어나는 소리를 들으셔요 졸졸졸

아이 참! 잠을 깨시라니까요

자유에 대하여

새라는 이름 하나만으로 언제나 어디서나
새잡이에게 겨냥당하지만
새여 외로운 사람들에겐 외로움을
기쁨에 취한 사람들에겐 얼얼한 기쁨을
푸른 하늘을 날아다니며 하얗게 노래하며
컴컴한 우리들 가슴속을 더욱 컴컴하게
날아다니며 노래하며
새여
꿈을 꾸거나
꿈을 그리거나
꿈을 노래하거나
미친 짓을 하게 하지만
오늘
깊은 비 내리고 새여 아무것도 보이지 않으니
떠나도 떠날 곳 없는 시대에 비는
비만 내리게 하는구나

어디에 있니?

어느 하늘을 날아가고 있니?

게

밀물이 한창 밀물져 올 때
게들은 방파제 돌 틈에 꼬옥 꼭 숨어서
죽은 듯 파도 소리를 듣는다
명령에 복종하라 철썩
거역이란 용서되지 않는다
복종하지 않을 땐 철썩
이미 내 백성이 아니므로
죽어도 영광인 줄 알라
썰물이 한나절 밀려 나가고
숨 막히던 파도 소리도
귀 넘어 자지러들면
게 한 마리로 와글와글 몰려든다
서로의 생존을 확인하며
파도에 젖은 이마를 말리며
파도에 젖은 귀를 털어내며
한 번도 명령을 거역하지 않았음을

다시 한 번 기억하면서
방파제 한 귀퉁이에
바글바글 모여 앉아
무지개짓기 놀이를 한다
죽은 듯 밤이 오고
새벽이 올 것을 믿으며

제주 바람

탄생 가까이에
아니다
죽음 가까이에
있다 저주받은 제주섬의 산과 들
바다에도 하늘에도
캥캥 마른 밭에서
일하는 농사꾼 곁이거나
이마에 땀 흘리는 이들
땀방울 속이거나
송송송 구멍을 뚫는다 제주 바람은
돌담 구멍을 들락이며 자그만 구멍으로
가난한 세상살이
송송송 열어놓기도 하고
잠 못 이루는 섬사람들 흔들어 재우며 깊숙이
이승에서 저승으로 가고 오게 한다
바닷길에 나간 해녀들의 배거나

고기잡이 나간 어부들의 배거나
떠날 때나
돌아올 때나
그 곁에 있다 제주 바람은
골목길에서 뛰노는 동네 아이들 곁이거나
학생들이 운동하는 운동장이거나
이겼다 보아라 함성 짓는 만세 소리 곁이거나
공부하는 학생들 곁에 있다
태평양에서 휘몰아쳐오는 태풍을 만나면
온 힘을 다 내 허리 꺾이며 맞서 싸워도
한 번도 이겨내지 못하는 제주 바람
얼굴도 없이 마음도 없이
아무렇게나 나뭇가지에 걸려
어둑어둑 흐느낀다
그때 제주 바람은
내 목숨 가까이에 있다

그믐달

실눈 반짝 떠서
이 세상에 태어날 때는
하나도 때 묻지 않은
눈물이었네 빛이었네
주먹 쥐고
주먹 펴서
둥글게 둥글게 자라나
모 없이 자라나
자유였네 꿈이었네
환한 세상살이 어느새
점점 어두워들어
만나는 건 모진 바람뿐
이리저리
부대끼면서 얻어터지면서
울음이었네 분노였네
나도 모르는 새

동서남북 떠돌다
낮에 나온 반달이 되고
남들이 부르는
노래였네 괴로움이었네
귀 기울이면
천지엔 바람 소리뿐
황량한 벌엔
빈 길이나 내어
허물어진 돌담이나 비추고
무덤으로 쓰러지고
하얀 무덤이 되고
어둠이었네 그리움이었네

이 시대 나의 별헤기

애야 오늘 밤도 캄캄하게
별을 헤는 심사는 찬란한 새벽을
기다리기 때문만이 아니다
태풍이 몇 차례 시대를
참담하게 뒤흔들어놓았다 해서도 아니다
청천 하늘엔 별도나 많고
이내 몸 가슴엔 수심도 많고
서러운 노래가 이 땅 위에 너무 많기 때문만이 아니라
한라에서 백두까지
드높은 하늘 하나이건만
그 하늘 별들은 제자리에서 반짝이건만
그 아래 사는 백성들도 밤마다
별 하나 나 하나 별 하나의 고통과
별 둘 나 둘 별 둘의 사랑과
제 별 하나씩 품고 잠을 자지만 깨어나지만
내 별은 어디에 있을까

나를 찾고 있을까
어느 하늘에서 잠들지 못하고 막막하게
깜빡일 내 작은 별 하나
어린 날부터 찾던 자그만 내 별은 없는 것일까
남의 별들을 다 헤고 나서야 내 별은
어깨 쭈그리고 눈물 글썽이며 나타나올까
바람은 스산하게 불어오고 불어가는데 얘야
밤 깊도록 맑은 하늘을 고마워하며
별헤기가 사라져가는 시대에
어정어정 홀로 별을 헤노니
남 다 잠든 밤 별을 헤는 심사는
내가 사는 도시에 살지 않는 그리움을 찾는 일일까
반세기를 살아도 삶은 하나로 아프게 칼날처럼 눈떠 있고
다른 이들 별자리 자리를 옮겨가도
내 작은 별은 나타나지 않는구나
무심히 내 별을 닮은 별똥별 하나 흘러간다

어디 사는 불쌍한 백성 하나 눈물밭에서 눈물을 캐다
세상을 하직하나 보다
내일 밤도 겨우 살아남아서 나는
이 자리에서 과연 다시 별을 헤이겠느냐

제주바다, 수평선, 섬 그리고 나의 손금

1

나는 제주섬에서 나고 자랐다. 젊은 날, 대학 생활과 군대 생활 등을 제외하고도 50여 년을 이 섬에서 살아온 셈이다. 이 섬이 내게 준 것이란 가난과 굴욕과 나아가 치욕이었음을 떠올리게 된다. 내 또래가 다 그러했듯이 이 가난과 굴욕 속에서 꿈을 키워왔지만 그 꿈은 나의 경우 이뤄지지 않았다. '나의 제주 시(제주를 소재로 해서 쓴 시)'는 이 '가난과 굴욕'을 해소하고자 하는 꿈꾸기라고 우선 부끄러운 대로 말할 수 있겠다.

나는 20대에 문단 데뷔를 포기했지만 친구가 가만 놔두지 않았다.

나는 30대 후반에 다시 시 쓰기를 시작하면서 '제주바다'

를 먼저 내가 파악하는 세계 인식의 오브제로 잡았다.

누이야, 원래 싸움터였다
바다가 어둠을 여는 줄로 너는 알았지?
바다가 빛을 켜는 줄로 알고 있었지?
아니다 처음 어둠이 바다를 열었다 빛이
바다를 열었지 싸움이었다
어둠이 자그만 빛들을 몰아내면 저 하늘 끝에서 힘찬 빛들이
휘몰아와 어둠을 밀어내는
괴로워 울었다 바다는
괴로움을 삭이면서 끝남이 없는 싸움을 울부짖어왔다

〔……〕

제주 사람이 아니고는 진짜 제주바다를 알 수 없다
〔……〕

—「제주바다 1」 부분

젊은 날부터 만났던 보들레르, 랭보, 말라르메, 발레리 등 프랑스의 상징주의 시인들은 나에게 시를 쓰는 데 도움을 주

는 게 아니라 시를 쓰지 못하게 했다. 그들은 평범한 나를 바보로 만들었다.

그들의 바다는 그들 혼의 모습이거나 존재 · 언어 · 명상 등의 오브제로 나에겐 드러났다. 그러나 나에게는 삶의 터전으로 깊은 명상 속에서만 추구하는 탐구의 대상만이 아니라 역사를 통해 그것이 멀리는 몽고거나 일제거나 조선 왕조 시대 탐관오리들의 탄압과 폭정에 신음해온 토착민들의 피비린내 나는 삶과 죽음의 바다요, 가깝게는 4·3 사태 이후 이데올로기의 싸움에서 빚어진 삶과 죽음의 바다인 것이다. 여기서 만나는 수평선과 섬들 — 그것은 아무리 국제 관광지로 각광을 받으며 내외 관광객들이 날마다 제주섬을 찾는다 할지라도 낭만의 세계를 초월하게 마련이다. 이 같은 개인적 · 역사적 · 사회적 상황들이 나의 제주 시의 모티프를 형성해 왔다고 여겨진다.

1978년 펴낸 첫 시집 『제주바다』의 뒤표지에서 밝힌 자그만 담론은 나의 시세계의 한 모습으로 여기에 인용하기로 한다.

> 나는 나의 눈물의 뜻을 캐고 싶었다.
>
> 이즈음은 메마른 눈물 속에 갇혀 살지만 나는 여러 눈물들을

만나며 살아왔다. 濟州島라는 자그만 땅덩이가 척박한 삶의 눈물로 이뤄진 것으로 이해되던 시절이 있었다.

정말이지 나의 유년은 이 눈물 속에서 자라났고, 어쩌면 나의 한 생애는 한 방울 눈물에 지나지 않을 것도 같다. 그것은 자고 깨면 언제나 이마에 걸리는 수평선이나 제주바다일 수 있다.

돌, 바람, 바다, 산, 외할머니, 잠자리, 해 뜨는 아침과 저녁이 나를 키워온 것이다. 그새 사랑이 무엇인지를 조금씩 깨달으면서 나의 삶과 죽음 들을 함께 거느리고 결코 서두르지 않으면서. 〔……〕

아울러 시집 『제주바다』 『수평선을 바라보며』 『자청비』 『섬에서 부른 마지막 노래』 등에서 나는 부족한 대로 제주섬과 바다에 대해 썼음을 우선 되돌아보게 된다.

2

사람이 산다는 것은 무엇인가. 고작 밥 먹기 위해 어떤 직업을 갖고 젊은 날은 엄벙덤벙 지내다가 나이 몇 푼어치 먹게 되면 잘못 살고 있다고 한숨이나 기르다가 희끗희끗 머리칼에 죽음이 서리기 시작하면 그뿐인 것일까.

나의 젊은 날은 앞서가는 사람들이 별로 못마땅했던 때문이었을까, 거부감이 심했다. 어떤 뚜렷한 문제도 없이 그저 그랬다. 이 같은 정황 속에서 보들레르나 말라르메가 꿈꾸던 '떠남의 시세계'는 섬에서 나고 자란 나를 너무 크게 매료시켰음은 당연한 일이다.

> 손을 펴면 지금도 수평선 같은 손금이
> 어린 날의 꿈을 태운다
> 수평선을 넘어갈 팔자우다
> 〔……〕
> 점쟁이 말하던 수평선이야 어디 한두 번만 넘었으랴
> 수평선을 넘으면 수평선은 또 있었다 제주섬에
> 태어나 수평선을 넘어본 사람은 안다 어디를 가나
> 제주 사람은 수평선을 벗어나지 못하고 산다
> 그러다 바람도 잠자는 어느 겨울날 사각사각
> 첫눈이 내릴 그때쯤 아무도 몰래
> 이승의 온갖 덧없음 내버리고 나의 수평선을 건너가리라
>
> —「수평선 2」 부분

그것은 인간의 운명, 내 생명에 자리한 죽음에 대한 자그만 자각이다. 이 시에 대해 무슨 군더더기 말이 필요하겠는가. 그렇기는 하지만 여기서 잠시 어린 시절을 회상해봄으로써 내 시 읽기에 도움이 되었으면 좋겠다.

섬에 사는 사람들은 누구나 섬에서의 탈출을 꿈꾸기 마련이다. 그때 우리는 수평선을 만나게 되는 것이지만 이 수평선은 어디를 가거나 눈썹 위에 걸려 있다. 섬을 둘러싸고 있는 바다를 잘라내고 있는 수평선이 있어 우리는 절망하게 된다.

수평선 — 그것은 우리의 오랜 그리움이어서 건너가야 될 꿈이요 절망이다. 오랜 그리움이라 함은 우리가 찾아야 될 낙원 — 은 '이어도'로 나타나는 그것이며, 꿈은 인간살이의 최고 절정에 이르는 길이며, 절망은 완전하지 못한 인간이 한번씩 가야 될 죽음이다. 나는 이 같은 평범한 인간의 조건을 어린 시절부터 체험을 통해 익혔다. 그것은 외할머니에게서 수십 번도 더 들은 '이어도'에 관한 전설이거나, 노래거나, 신화 등으로 유년의 상상 속에 자리해 하나의 세계관을 형성했던 것으로 생각된다. 그래서 마침내 무엇으로 드러나든 수평선은 나에게 평생을 두고 건너야 되는 그리움과 꿈과 절망을 주게 된 것이다.

1970년대부터 펼쳐졌던 이른바 산업화 시대에 나는 서서

히 아웃사이더가 되어갔다. 시대 변화에 적응하지 못해서가 아니라 그 변화에 적응하자니 빈 껍데기가 되어감을 못 견디었다는 것이다. 이렇게 '수평선 3'이 나왔다.

차라리 수평선을 사랑해야지 이제는
내 눈물 속에도 수평선이 있어 해가 뜬다
해가 진다 깊은 밤
바다 물결 소리를 내지른다 찰랑찰랑
내 이마에 흐르는 죄업이
몇 카락 주름살을 만들어내고
남 다 잠든 밤 잠들지 못하는 잠 하나
숨죽이며 나의 수평선을 건너오고 있다

—「수평선 3」 전문

나는 수평선이 된 것이다.

투쟁이거나 반항이거나 그것은 살아 있을 적 이야기이다. 대체로 죽어 있는 사람에게서 우리는 아무것도 기대하지 못한다. 우리 시대에 함께 살고 있는 사람들은 모두 생생하게 살아 있는 사람만이 아니다. 어쩌면 나는 살아 있지만 죽어 있다고 생각될 때가 적지 않다. 그래선지 유년의 알 수 없는 그리움에 매달린다. 그 그리움은 죽음을 넘어서게 해준다. 이때 나는 수평선 — 손금 — 을 죽음의 이미지로 형상화하고 싶은 충동을 억제할 수 없게 된다. 그렇게 해서 「손금」이란 시를 쓰게 되었다.

내 손금에서 눈부시게 자라나던 무지개여
이제는 눅눅한 찬땀만 배어나누나
이 겨울 침침하게 눈은 내리고 애들아
우리들 서러움 죄 풀어 우리들아
어린 왕자의 무덤을 불 밝혀내자
새파랗게 사금파리로 도깨비불을 빚어내자
길이야 많지만 언제나 도깨비불로 열리던 길
그러나 영영 돌아갈 수 없는 마법의 나라
그 나라에 사는 모든 존재의 아이들을
언 손 비비며 티 없는 슬픔 속에서
잠 깨어나게 하자 애들아
애들아 어디에 있니
내 음성에도 풀풀
눈은 내리고 눈은 내려
누구의 손금 속에 갇혀 있느냐 시방

애들아 애들아 다시 만날 순 없겠느냐
지금 나는 혼자서
어디로 가는 것이냐
내가 없구나 동서남북
찬땀이 강물을 이룬 길
동서남북 길이 보이지 않는구나
애들아 나를 찾아내다오 애들아 애들아

—「손금」 전문

1980년대 접어들어 나는 나를 잃어버린다. 찬땀이 강물을 이룬 길만 보이고 나는 나를 찾을 수가 없었다. 그것은 한때 눈물 속에 떠오르던 죽음—수평선—뿐이던 것을 기억한다. 나만이 아니라 다른 이들도 그러했겠지만 내겐 그 시대가 죽음 자체로 인식되었다.

3

인간은 본질적으로 고독한 것이다. 이 세상에서 홀로 아득하게 외로울 때 우리는 삶과 죽음을 함께 만나게 된다. 허무를 맛보게 되는 것도 이때이다. 목마름이 온다. 이 목마름은 무지에서 오는 것이 아니라 차라리 결핍에서 온다. 그 결핍의 순수함은 블랑쇼의 말처럼 존재를 드러내게 한다. 이때 우리는 어디인지는 알 수 없지만 '떠남'을 꿈꾼다. 그것은 새로운 그리움을 찾아 자기가 있는 곳을 비워내는 일이다.

섬—그렇다. 이때 우리가 떠날 곳이 섬이라면 '새로운 나'를 찾아갈 수 있으리라. 섬은 새로운 그리움이 된다.

억겁을 노래 부르고 있다 별빛 속
눈보라 새하얀 일월의 길을 닦으며 천만년
무정세월 속에 나앉아 이승의 컴컴한 꿈에 시달리느니
바다 물결 가르는 돛단배 한 척
내 한숨의 바다를 노 저어 가고 있다 돌아올 길도 없이
물새 떼는 저마다 수평선을 날아오르고
잡초들도 자라지 못하는 비인 눈발 속
비바람 차가운 물결에 부서지면서
밤마다 꿈속에서나마
유형의 땅 벗어나 이제
꽃들 사는 서천 나라로 둥둥 떠가고 있다

—「섬」 전문

거기서 우리는 바다를 만나고 그 바다가 끝나는 데 있는 수평선을 만나야 된다. 아니다. 수평선은 바다가 끝나는 곳에 있는 게 아니라 어쩌면 바다가 시작하는 곳에 있다. 아득히 수평선은 우리의 이마에 와 걸리고 우리의 운명처럼 우리를 삶의 한계 속에 가둘 것이다. 그렇지만 그 한계 속에서 새파랗게 파도치는 바다와 누렇게 부서져내리는 햇살과 하얀 바람과 그 바람 속을 날고 있는 갈매기 떼와 만나는 희한한 쾌락을 맛볼 수 있다. 이 같은 일은 삶과 죽음을 동시에 초월한다.

섬은 우리의 그리움이다. 그리움은 목이 마르도록 그리워하는 것이다. 우리에게 이런 그리움이 없어진다면 인간의 본질적인 고독에서 우리는 벗어날 길이 없다.

우리는 마음속에 저마다 섬을 지니고 산다. 그 섬은 우리의 삶의 처음이자 마지막인 것이다. 나의 멸망을 극복하기 위해서 나는 얼마나 많이 섬으로, 바다로, 당신의 눈물 속으로 떠났으며 앞으로도 얼마나 많이 떠나야 되는 것일까?

당신 눈동자 속엔
내가 떠나야 될

나의 바다가 있다
〔……〕
당신 눈동자 속엔
내가 건너야 될
나의 수평선이
또 하나
어두워오는 내 이마
쟁쟁 눈물로 빚은 불
불 밝혀놓고
가고 오지 못할
길을 열어놓는다

—「당신 눈동자 속엔」 부분

2003년 7월
문충성

연 보

1938　제주시에서 출생.

1945　제주북소학교(제주북초등학교)를 다니다 8·15 광복을 맞다.

1948　4·3 사태 발발.

1950　한국 전쟁 발발.

1953　한국 전쟁 휴전.

1954　제주제일중학교 졸업.

1957　오현고등학교 졸업.

1960　한국외국어대 불어과 입학.

1961　육군 입대.

1963　육군 상병 제대.

1967　한국외국어대 불어과 졸업. 동대학원 석사과정 입학.

1967　오랜 연애 끝에 김청신(金淸信)과 결혼하다.
제주신문 기자, 신성여자고등학교 프랑스어 강사(교사 대우) 겸임.

1968 장녀 영아(英娥) 출생.

1970 장남 순보(淳寶) 출생.

1973 차녀 지아(志娥) 출생.

1976 제주신문 문화부장.

1977 계간 『문학과지성』에 「제주바다」「고드름」「가을」을 발표하면서 시단에 등단.

1978 첫 시집 『제주바다』(문학과지성사) 발간.

1979 시집 『수평선을 바라보며』(문장사) 발간.
제주대학 프랑스어 강사.

1980 민속서사시집 『자청비』(문장사) 발간.
제주신문 퇴직(편집부국장).

1981 시집 『섬에서 부른 마지막 노래』(문학과지성사) 발간.

1982 한국외국어대 대학원 불어과 석사과정 졸업. 문인협회 제주도 지부장.

1983 제주도문화상(예술부문) 수상. 한국외대 대학원 불어과 박사과정 입학.

1984 제주대학교 인문대학 전임강사.

1985 시집 『내 손금에서 자라나는 무지개』(문학과지성사) 발간.
소설가 현길언(玄吉彦)과 문학동인지 『말』(도서출판 조약돌) 발간.

1986 시집 『바람 부는 아득한 날에』(전예원) 발간.

1987 시집 『술래잡기』(전예원) 발간.

1988 시집 『낙법으로 보는 세상』(문학사상사) 발간.
시집 『떠나도 떠날 곳 없는 시대에』(문학과지성사) 발간.

1989 시집 『그러나 새벽은 아직도 어둡구나』(나남) 발간.

1990 시집 『방아깨비의 꿈』(문학과지성사) 발간.

1992 한국외국어대 대학원에서 문학박사 학위 수여. 홍콩, 상해, 북경, 서안, 항주 여행.

1993 프랑스 여행. 시집 『설문대할망』(문학과지성사) 발간.

1994 로마, 바티칸, 하이델베르크, 뮌헨, 런던, 옥스퍼드, 스위스 여행.

1995 제주대학교 인문대학 교수.

1996 한국불어불문학회 이사.

1997 시집 『바닷가에서 보낸 한철』(문학과지성사) 발간.
(사)민족문학작가회의 자문위원,
한라일보 논설위원(비상임).

1998 (사)민족문학작가회의제주도지회(제주작가회의) 초대 회장.
시집 『어쩌다 만난 우리끼리』(탐라목석원) 발간.

2000 문학연구서 『프랑스의 상징주의 시와 한국의 현대시』(제주대출판부) 발간.
제주시민상(예술 부문) 수상.

2001　시집 『허공』(문학과지성사) 발간.

제1회 오현문학상 수상.

2002　시집 『망각 속에 잠자는 돌』(제주문화사) 발간.

원문 출처

『제주바다』, 문학과지성사, 1978

새/서시/무의촌의 노래/이어도/돌하르방/겨울 백록담/제주바다 1/제주바다 2/구슬 빚기/필부의 시/나의 기도/돌 2/시/술 노래/수평선/길/가을/한라산/머리칼에게

『수평선을 바라보며』, 문장사, 1979

연가 3/연가 8/처서의 시/물맞이/수평선 2/수평선 3/용두암/제주항/봄 노래 1/연날리기/섬

『섬에서 부른 마지막 노래』, 문학과지성사, 1981

기우제/죽은 참새를 묻으며/유년송 7/우물 파기/길 5/길 6/길 7/길 8/길 12/채송화/섬에서 부른 마지막 노래 1/섬에서 부른 마지막 노래 2/영등제

『내 손금에서 자라나는 무지개』, 문학과지성사, 1985

살풀이/번개/꿀벌/산신제/낮술 한잔 기울이며/흙 붉은 오름을 바라보며/비행기를 타면/해바라기/손금/종소리/다시 봄비 소리를 들으며/팔매질을 하다가/묘비/상여를 메고 가며/당신 눈동자 속엔

『떠나도 떠날 곳 없는 시대에』, 문학과지성사, 1988

무상/한강을 지나며/어두워져도 새는 잠자리를 걱정하지 않는다/고추잠자리/원수 1/원수 2/원수 3/일상/탑을 쌓으며/종이배/자유에 대하여/게/제주 바람/그믐달/이 시대 나의 별헤기

문지스펙트럼

제1영역: 한국 문학선

1-001 별(황순원 소설선 / 박혜경 엮음)
1-002 이슬(정현종 시선)
1-003 정든 유곽에서(이성복 시선)
1-004 귤(윤후명 소설선)
1-005 별 헤는 밤(윤동주 시선 / 홍정선 엮음)
1-006 눈길(이청준 소설선)
1-007 고추잠자리(이하석 시선)
1-008 한 잎의 여자(오규원 시선)
1-009 소설가 구보씨의 일일(박태원 소설선 / 최혜실 엮음)
1-010 남도 기행(홍성원 소설선)
1-011 누군가를 위하여(김광규 시선)
1-012 날개(이상 소설선/이경훈 엮음)
1-013 그때 제주 바람(문충선 시선)

제2영역: 외국 문학선

2-001 젊은 예술가의 초상 1(제임스 조이스 / 홍덕선 옮김)
2-002 젊은 예술가의 초상 2(제임스 조이스 / 홍덕선 옮김)

2-003 스페이드의 여왕(푸슈킨 / 김희숙 옮김)
2-004 세 여인(로베르트 무질 / 강명구 옮김)
2-005 도둑맞은 편지(에드가 앨런 포 / 김진경 옮김)
2-006 붉은 수수밭(모옌 / 심혜영 옮김)
2-007 실비 / 오렐리아(제라르 드 네르발 / 최애리 옮김)
2-008 세 개의 짧은 이야기(귀스타브 플로베르 / 김연권 옮김)
2-009 꿈의 노벨레(아르투어 슈니츨러 / 백종유 옮김)
2-010 사라진느(오노레 드 발자크 / 이철 옮김)
2-011 베오울프(작자 미상 / 이동일 옮김)
2-012 육체의 악마(레이몽 라디게 / 김예령 옮김)
2-013 아무도 아닌, 동시에 십만 명인 어떤 사람
(루이지 피란델로 / 김효정 옮김)
2-014 탱고(루이사 발렌수엘라 외 / 송병선 옮김)
2-015 가난한 사람들(모리츠 지그몬드 외 / 한경민 옮김)
2-016 이별 없는 세대(볼프강 보르헤르트 / 김주연 옮김)
2-017 잘못 들어선 길에서(귄터 쿠네르트 / 권세훈 옮김)
2-018 방랑아 이야기(요제프 폰 아이헨도르프 / 정서웅 옮김)
2-019 모데라토 칸타빌레(마르그리트 뒤라스 / 정희경 옮김)
2-020 모래 사나이(E. T. A. 호프만 / 김현성 옮김)
2-021 두 친구(G. 모파상 / 이봉지 옮김)
2-022 과수원/장미(라이너 마리아 릴케 / 김진하 옮김)
2-023 첫사랑(사무엘 베케트 / 전승화 옮김)
2-024 유리 학사(세르반테스 / 김춘진 옮김)

제3영역: 세계의 산문

3-001　오드라덱이 들려주는 이야기(프란츠 카프카 / 김영옥 옮김)

3-002　자연(랠프 왈도 에머슨 / 신문수 옮김)

3-003　고독(로자노프 / 박종소 옮김)

3-004　벌거벗은 내 마음(샤를 보들레르 / 이건수 옮김)

제4영역: 문화 마당

4-001　한국 문학의 위상(김현)

4-002　우리 영화의 미학(김정룡)

4-003　재즈를 찾아서(성기완)

4-004　책 밖의 어른 책 속의 아이(최윤정)

4-005　소설 속의 철학(김영민 · 이왕주)

4-006　록 음악의 아홉 가지 갈래들(신현준)

4-007　디지털이 세상을 바꾼다(백욱인)

4-008　신혼 여행의 사회학(권귀숙)

4-009　문명의 배꼽(정과리)

4-010　우리 시대의 여성 작가(황도경)

4-011　영화 속의 열린 세상(송희복)

4-012　세기말의 서정성(박혜경)

4-013　영화, 피그말리온의 꿈(이윤영)

4-014　오프 더 레코드, 인디 록 파일(장호연 / 이용우 / 최지선)

4-015　그 섬에 유배된 사람들(양진건)

4-016　슬픈 거인(최윤정)

4-017　스크린 앞에서 투덜대기(듀나)

제5영역: 우리 시대의 지성

5-001　한국사를 보는 눈(이기백)
5-002　베르그송주의(질 들뢰즈/김재인 옮김)
5-003　지식인됨의 괴로움(김병익)
5-004　데리다 읽기(이성원 엮음)
5-005　소수를 위한 변명(복거일)
5-006　아도르노와 현대 사상(김유동)
5-007　민주주의의 이해(강정인)
5-008　국어의 현실과 이상(이기문)
5-009　파르티잔(칼 슈미트/김효전 옮김)
5-010　일제 식민지 근대화론 비판(신용하)
5-011　역사의 기억, 역사의 상상(주경철)
5-012　근대성, 아시아적 가치, 세계화(이환)
5-013　비판적 문학 이론과 미학(페터 V. 지마/김태환 편역)
5-014　국가와 황홀(송상일)
5-015　한국 문단사(김병익)

제6영역: 지식의 초점

6-001　고향(전광식)
6-002　영화(볼프강 가스트/조길예 옮김)
6-003　수사학(박성창)
6-004　추리소설(이브 뢰테르/김경현 옮김)

제7영역: 세계의 고전 사상

7-001 쾌락(에피쿠로스/오유석 옮김)

7-002 배우에 관한 역설(드니 디드로/주미사 옮김)

7-003 향연(플라톤/박희영 옮김)